O GUARANI
em cordel

KLÉVISSON VIANA

O GUARANI
em cordel

Ilustrações de **LUÍS MATUTO**

Amarilys

Copyright ©2013 by Antônio Klévisson Viana

Amarilys é um selo da Editora Manole.

Este livro contempla as regras do Acordo Ortográfico da
Língua Portuguesa de 1990, que entrou em vigor no Brasil

Editor-gestor: Walter Luiz Coutinho
Editor: Enrico Giglio

Texto: Antônio Klévisson Viana
Ilustrações de miolo e capa: Luís Matuto
Capa: Ricardo Yoshiaki

Dados Internacionais de Catalogação na Publicação (CIP)
(Câmara Brasileira do Livro, SP, Brasil)

Viana, Antônio Klévisson
  O Guarani em cordel / Klévisson Viana;
ilustrações de Luís Matuto. – Barueri, SP:
Amarilys, 2014.

  ISBN 978-85-204-3907-4

  1. Cordel - Literatura infantojuvenil
I. Título.

14-05530   CDD-028.5

Índices para catálogo sistemático:
1. Cordel : Literatura infantil 028.5
2. Cordel : Literatura infantojuvenil 028.5

Todos os direitos reservados.
Nenhuma parte deste livro poderá ser reproduzida, por qualquer
processo, sem a permissão expressa dos editores.
É proibida a reprodução por xerox.

A Editora Manole é filiada à ABDR – Associação Brasileira
de Direitos Reprográficos.

1ª edição – 2014

Editora Manole Ltda.
Avenida Ceci, 672 – Tamboré
06460-120 – Barueri – SP – Brasil
Tel.: (11) 4196-6000 – Fax: (11) 4196-6021
www.manole.com.br | www.amarilyseditora.com.br
info@amarilyseditora.com.br

Impresso no Brasil
Printed in Brazil

APRESENTAÇÃO

José de Alencar escreveu *O Guarani* em 1857, quando contava com 27 anos de idade e já atingira a maturidade literária. Alencar publicara um ano antes *Cinco minutos*, mas foi *O Guarani*, lançado inicialmente em folhetim no Diário do Rio de Janeiro, e depois em livro, totalizando quatro volumes de êxito imediato, que conferiu-lhe prestígio duradouro e lugar de destaque na literatura brasileira. Classificado pelo autor como romance do período histórico, que, "representa o consórcio do povo invasor com a terra americana, que dele recebia a cultura, e lhe retribuía nos eflúvios de sua natureza virgem e nas reverberações de um solo esplêndido"[1].

Conta a saga de D. Antonio de Mariz, fidalgo português que ajudara na fundação da cidade de São Sebastião do Rio de Janeiro, em 1557. Depois do desastre de Alcácer-Quibir, no Marrocos, no qual morrera D. Sebastião, rei de Portugal, D. Antonio interna-se na mata, acompanhado da família e de alguns fiéis criados, e fixa-se em terras doadas por Mem de Sá, terceiro governador-geral do Brasil, situadas às margens do rio Paquequer, afluente do Paraíba. Instalado, à maneira dos senhores feudais europeus, em uma espécie de castelo, D. Antonio tem às suas ordens fidalgos e cavaleiros, que agem como os vassalos d'além mar, de acordo com os códigos de conduta da cavalaria medieval. Ao mesmo tempo, vê-se entre mercenários, que adentravam as matas de um Brasil desconhecido pelos brancos invasores, e nações indígenas contrárias à sua presença. Um dos mercenários, de nome Loredano, enamora-se por Cecília (Ceci), filha do fidalgo, mas tem seus planos frustrados por Peri, índio goitacá, de grande destreza e coragem. Apaixonado por Ceci, Peri se destaca ainda por sua coragem no combate com os aimorés, que entram em atrito com D. Antonio depois que D. Diogo, seu filho, mata acidentalmente uma índia daquela nação guerreira.

Para compor o personagem Peri, Alencar se inspira nos cavaleiros medievais e, certamente, recebe influência do inglês Walter Scott, autor de *Ivanhoé*, e do francês Victor Hugo, sendo possível entrever no vilão Loredano traços do terrível padre Frollo do romance *Notre-Dame de Paris*.

---

1. Apresentação do romance *Sonhos d'ouro*, reproduzida em parte por Alfredo Bosi em *História concisa da literatura brasileira*. São Paulo: Cultrix, 1994

O Guarani em cordel

Klévisson Viana, poeta e editor reconhecido por sua grande atuação no meio cordelístico, já verteu para o cordel obras clássicas como o *Dom Quixote* de Cervantes e *Os Miseráveis* de Victor Hugo. Tem, portanto, autoridade no assunto, e a demonstra nesta versão sóbria do clássico romance indianista de seu conterrâneo José de Alencar. O vigor narrativo dos versos de Klévisson pode ser visto nestas duas sextilhas, em que descreve a queda de D. Sebastião em Alcácer-Quibir, deixando vaga a coroa portuguesa, que, com todas as suas possessões, incluindo o Brasil, caiu sob o domínio da Espanha:

Foi em Alcácer-Quibir
Que deu-se a triste campanha
Onde Portugal sofreu
Uma derrota tamanha
E ficou subordinado
À coroa da Espanha.

Nessa batalha sangrenta
Morreu Dom Sebastião,
Jovem rei de Portugal,
Na mais tremenda aflição.
E o manto do infortúnio
Cobriu de luto a nação.

A descrição dos bichos que habitavam as matas onde D. Antônio erguera o seu castelo é de grande beleza imagética:

Ali as feras viviam
Naquele imenso degredo:
Onças, jiboias, lagartos,
Bichos de provocar medo,
Foram peças do cenário
Desse comovente enredo.

Transformado em ópera por Carlos Gomes ainda em 1870, e adaptado algumas vezes para o cinema, *O Guarani*, obra-prima do romance brasileiro, ganha, com esta releitura poética, uma homenagem singular.

Marco Haurélio

O GUARANI EM CORDEL

Se Deus traçou meu destino
De poeta popular,
Peço a Ele inspiração
Para poder versejar
O romance *O Guarani*,
De José de Alencar.

Reescrevendo em cordel
Um clássico do Romantismo,
Recheado de aventura,
Coragem, força, heroísmo,
Amor, nobreza e ação,
Natureza e exotismo.

Portanto, caro leitor,
Sendo fiel ao que li,
Eu mostrarei nos meus versos
A meiga e linda Ceci,
Com seu leal defensor,
O devotado Peri.

Pleno século dezessete,
Corria o ano da glória
De mil seiscentos e quatro,
Se não me trai a memória.
Eis a indicação do tempo
Do enredo dessa história.

Dom Antônio de Mariz
Era um fidalgo notável
De uma nobreza infinda,
Generoso e agradável,
Que tratava os seus súditos
Como um pai, de forma amável.

Um fiel representante
Da coroa portuguesa.
Mesmo com sessenta anos,
Ainda tinha destreza
E tornara-se o senhor
De uma grande fortaleza.

Ao lado de Mem de Sá
Foi, também, um pioneiro
Da colônia portuguesa
E, trilhando esse roteiro,
Fundou São Sebastião,
Lá do Rio de Janeiro.

Teve notável papel,
Nas grandes expedições
Em Minas e Espírito Santo
Esquadrinhou os sertões,
Descobriu minas de prata
E ouro em explorações.

Para Antônio de Mariz
Seu amor a Portugal
Vinha em primeiro lugar,
Era incondicional.
Muitas vezes pôs em risco
A vida nesse ideal.

A coroa portuguesa
Lá em Marrocos sofreu
Uma tremenda derrota
E ele muito se abateu.
Embrenhou-se no sertão
Com tudo que era seu.

Foi em Alcácer-Quibir
Que deu-se a triste campanha
Onde Portugal sofreu
Uma derrota tamanha
E ficou subordinado
À coroa da Espanha.

Nessa batalha sangrenta
Morreu Dom Sebastião,
Jovem rei de Portugal,
Na mais tremenda aflição.
E o manto do infortúnio
Cobriu de luto a nação.

Dom Antônio inda esperou
Que o rei, do trono herdeiro,
Nobre Dom Pedro da Cunha,
Mudasse, então, o roteiro
E transferisse a coroa
Para o solo brasileiro.

Mas como o tempo passou
E nada disso se deu,
Dom Antônio, nessa espera,
Bastante se entristeceu
E habitar nos sertões
Com a prole resolveu.

Português de antiga têmpera,
Fidalgo nobre e leal,
Pois só podia servir
Ao Reino de Portugal,
Embainhou sua espada,
Mas não o seu ideal.

Foi morar na sesmaria
Que ganhara de presente
De Mem de Sá, prêmio justo,
Por ser muito competente,
Nas margens do Paquequer,
Do Paraíba um afluente.

E lá na Serra dos Órgãos
Conservou sua nobreza.
Mandou vir de Portugal
Artesãos que, com fineza,
Construíram numa rocha
Uma imensa fortaleza.

Tudo ali era pomposo
No cenário especial.
A Natureza sublime
Se esmerou de forma tal:
O rio, a montanha, a mata,
Eis esse cartão postal.

A casa grande, espaçosa,
Foi muito bem construída,
Aproveitando o terreno.
Era a mesma protegida
Pela própria Natureza,
Que a todos dava guarida.

Um castelo medieval,
Na mata terrível e bela,
Era unido ao continente
Por uma ponte singela
Guarnecida, dia e noite,
Por mais de uma sentinela.

Ali as feras viviam
Naquele imenso degredo:
Onças, jiboias, lagartos,
Bichos de provocar medo,
Foram peças do cenário
Desse comovente enredo.

Também no entorno da casa
Tinha um imenso galpão
Onde os aventureiros
Contavam com a proteção
De Dom Antônio naquela
Isolada região.

Mercenários que viviam
Em busca de uma aventura:
Aventureiros diversos,
Que alimentavam a loucura
De adquirir fortuna
Enfrentando toda agrura.

Também heróis devotados,
Leais ao fidalgo nobre,
Que não estavam ali
Somente em busca do cobre,
Mas que davam suas vidas
Pra defender qualquer pobre.

Dom Antônio com a família
Por um tempo foi feliz
Junto a Dona Lauriana,
Conforme o romance diz,
Com os filhos Dom Diogo
E Cecília de Mariz.

Era Dona Lauriana
Dama da terra paulista.
Mesmo com bom coração,
Às vezes era egoísta,
Ciumenta e intransigente
E também muito racista.

Já seu filho Dom Diogo
Tinha uma vida folgada.
Pela proteção materna,
Vivia sem fazer nada.
Então, pra fugir do tédio,
Gastava o tempo em caçada.

Dom Diogo com seu pai
Agia bem diferente,
Pois Dom Antônio era firme,
Sua voz era potente.
Então, às regras paternas
Mostrava-se obediente.

Já a menina Cecília
Era um anjo de doçura
Como o floco de algodão,
Tinha sua tez alva e pura
E olhos grandes azuis
Reforçavam-lhe a candura.

Boca de lábios vermelhos
Como a gardênia dos campos,
Cabelos loiros trançados,
Ornados com ricos grampos,
Lindos igualmente ao ouro
Ou à luz dos pirilampos.

Sempre com um querubim
Tinha alguém a comparando.
Suas faces cor-de-rosa
Iam aos poucos desmaiando,
Morrer no colo suave
Como o leite derramando.

Se Cecília era tão linda
Com seu porte de princesa,
Trazia em seu coração
A mais legítima pureza,
E ainda herdou de seu pai
Honra, caráter e nobreza.

Criada como sobrinha,
Tinha Isabel, moça altiva.
Dela, Dona Lauriana
Achava ser a prova viva
Do romance de Antônio
Com uma bela nativa.

Dona Lauriana, assim,
Com sádica satisfação,
Pra maltratar Isabel
Não perdia a ocasião,
Dizendo: — Um índio é um bicho
Como um cavalo ou um cão!

Já Isabel de Cecília
No físico era diferente.
Era um tipo brasileiro,
Olhar negro e atraente,
Cabelos pretos e lisos,
De um brilho reluzente.

Dessa mistura de raças
Tinha a graça e a formosura.
O riso provocador,
Que à sedução faz figura,
Fazia de Isabel
A graça dessa mistura.

Não muito longe dali
Comandava um cavaleiro
Um grupo de quinze homens,
Cada qual o mais guerreiro,
Retornando de viagem
Lá do Rio de Janeiro.

Margeavam o Paraíba,
Num caminho um pouco estreito,
Daquela bandeira que
Vinha contornando o leito.
O jovem Álvaro de Sá
Era o chefe por direito.

Naquele tempo longínquo,
Nessa terra brasileira,
Um grupo de aventureiros
Era chamado bandeira.
Era exatamente uma
A que vinha na ribeira.

Esse grupo retornava
Lá de São Sebastião.
Fora vender os produtos
De mais uma expedição
Pelas matas perigosas
Do nosso imenso sertão.

O jovem Álvaro de Sá
Tinha vinte e oito anos
E era entre os guerreiros
Talvez um dos mais humanos,
Um perfeito cavalheiro,
Cheio de amor e planos.

Apesar de ser tão jovem,
Mostrou que tinha valia
E a Antônio de Mariz
Já há dez anos servia.
Como a um filho, Dom Antônio,
Bastante bem lhe queria.

Nessa hora o jovem grita
Então para os comandados:
— Vamos logo, apressem o passo,
Estamos muito atrasados,
Chegamos inda de dia,
Se andarmos mais apressados!

Também vinha na bandeira
Um perverso italiano:
Homem vil, ganancioso...
De alcunha Loredano,
Que por inveja de Álvaro,
Queria frustrar seu plano.

— Para que a pressa, moço?
É próprio de um cavaleiro
Poupar sua montaria.
Não entendo o desespero.
Chegaremos descansados,
Sem sairmos do roteiro.

Fala Álvaro a Loredano:
— Por que tu vens me afrontar?
Nada é mais natural
Que a vontade de chegar
Em casa, e do grande enfado
Da viagem, descansar!

Loredano, cinicamente,
Na mais sarcástica intenção
De magoar o rapaz,
Deixa perceber então
Que sabia que Cecília
Da tal pressa era a razão.

Álvaro viu que Loredano
Sabia do seu segredo
De seu amor por Cecília
E, sem um pingo de medo,
Ele falou ao intruso,
Lhe apontando com o dedo:

— Senhor Loredano, afirmo,
És um infame espião!
Mas te juro por Deus que
Se falares inda então,
Eu esmago-te a cabeça
Com a minha própria mão!

Álvaro tinha pais fidalgos,
Sua origem era a nobreza.
Enquanto que Loredano,
Ninguém sabia a certeza
Se era mais um mercenário
À sombra da fortaleza.

Nesse momento, um rugido
Interrompeu a porfia.
Toda a mata estremeceu,
Abalou a cercania.
Ficaram todos pasmados
Numa clareira que havia.

Armaram seus arcabuzes,
Ficaram de prontidão,
Numa cena inusitada
Ficaram sem reação,
Pois algo extraordinário
Deles chamou a atenção.

Em pé, no meio do espaço,
Por uma abóboda formado
De grandes árvores, estava
Um jovem índio encostado
A um velho tronco de árvore,
Por um raio decepado.

Estava na flor da idade,
Vestia na ocasião
Uma túnica muito simples,
Do mais grosseiro algodão,
Chamada de aimará
Pelos índios do sertão.

Sua pele cor de cobre
Tinha reflexos dourados,
Olhos de pupilas negras,
Com os cantos arqueados,
Boca forte, dentes alvos,
Cabelos pretos cortados.

Era de grande estatura,
Mão firme, bem desenhada,
A perna ágil e nervosa,
Cabeça um pouco ovalada
Por um pequeno penacho
Era a mesma ornamentada.

De nossa selva, o guerreiro
Era a mais perfeita imagem:
Possuía corpo esbelto
Igual a um junco selvagem
E a cena que mostraremos
Era loucura ou coragem:

Segurava o arco e as flechas
Na mão direita caída,
Perto dele, na folhagem,
Tinha uma onça escondida,
Enorme, e o índio no jogo
Punha em risco sua vida.

A onça, mirando o índio,
O seu bote preparava,
Mas o nativo, sorrindo,
Daquela fera zombava.
Olhando firme a felina,
Os seus olhos encarava.

Mas quando a fera agachou-se
Para saltar, a bandeira
Num instante apareceu
Na entrada da clareira.
A onça eriçou o pelo
Da forma mais costumeira.

O índio mirava a onça,
Sem deixar a posição.
Olhou rápido para os homens
E acenou com a mão,
Fazendo um gesto de rei
Para aquela direção.

Peri, o rei das florestas,
Intimava-os com meneios,
Que continuassem a marcha,
Fossem em frente sem receios,
Que aquela fera era sua
E pra matar tinha meios.

Agindo por conta própria,
Veio à frente Loredano,
Contrariando o nativo,
Zombava o italiano
Com seu arcabuz na mira
Da cabeça do bichano.

Nessa hora, o forte índio
Bate o pé, impaciente,
Fala para o italiano:
— Esse tigre é meu somente! —
E o italiano riu
Se mostrando obediente.

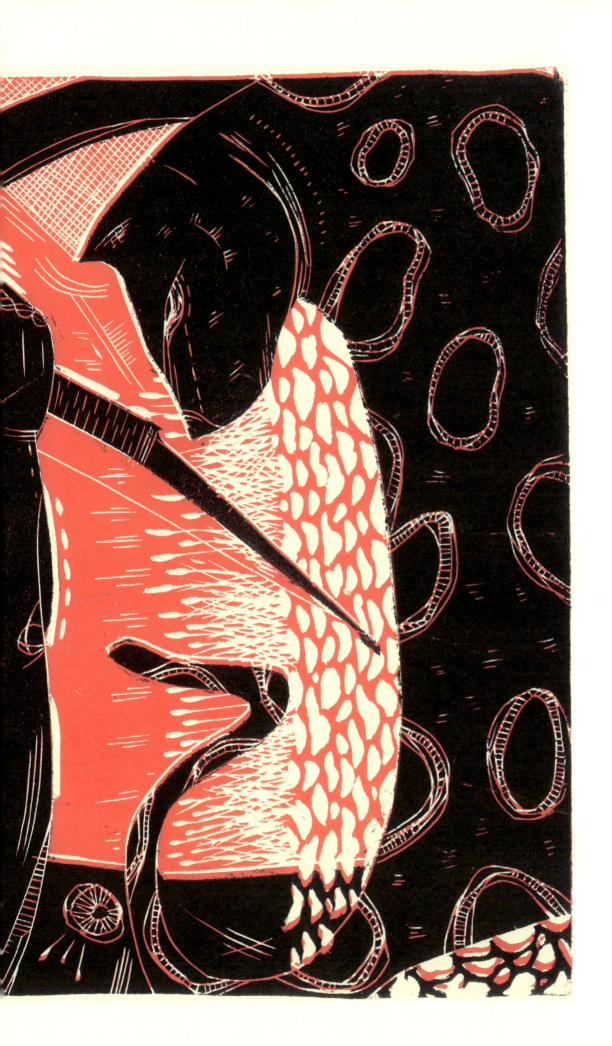

Loredano, olhando o índio,
Disse assim: — Sensacional!
Pois está bem, dom cacique,
É um direito original!
Não quereis que se ofenda
A vossa amiga, afinal?

Em resposta a esta ameaça,
O índio deu um empurrão
Com o pé numa clavina,
Que estava atirada ao chão,
Para dizer que com tiro
Também findava a questão.

Tudo isso se passou
No espaço de um minuto,
Sem que o índio perdesse
O animal e, astuto,
Pra capturar a fera,
Mostrava-se resoluto.

Logo, a um sinal de Álvaro,
Prosseguiram na jornada
E a bandeira embrenhou-se
Naquela mata fechada,
Nisso o grupo retomou
O ritmo da cavalgada.

Na casa do Paquequer,
Cecília se embalançava,
Descansada, numa rede
Que lá no jardim estava.
Com a sua prima Isabel
Sobre a vida conversava.

Mais tarde, ouviu-se um tropel
De animais se aproximando.
Isabel olhou pra o rio
E viu que vinha chegando
O grupo de cavaleiros
Que a casa estava esperando.

Deu um grito de surpresa,
De susto e de alegria.
— Que é? – perguntou Cecília.
E Isabel com euforia,
Contou logo para a moça
Quem chegava à moradia.

Disse Isabel: — Tu não achas,
Que ele pouco demorou?
É senhor Álvaro e seu grupo!
— Ah!... — Cecília exclamou.
Vamos ver as lindas prendas
Que ele pra nós comprou!

— Para nós? — disse Isabel,
Num tom de melancolia.
— Pra ser bela como tu
A minha vida eu daria... —
Cecília deu-lhe um beijinho,
Mostrando o bem que a queria.

Ao mesmo tempo da cena
No jardim da fortaleza,
Dois homens na esplanada
Conversavam com franqueza
Sobre um fato que pegou
Todos ali de surpresa.

Um deles era Dom Antônio,
O outro, seu escudeiro
Aires Gomes, que da luta
Era antigo companheiro
E o chefe da segurança
Da morada do sesmeiro.

O rosto de Aires Gomes
Guardava uma semelhança
Com uma raposa velha,
Mas, botando na balança,
Era a quem mais Dom Antônio
Devotava confiança.

Dizia assim o fidalgo:
— Estou muito preocupado.
Meu filho nessa caçada
Deixou-me bem enrascado,
Pois sei que o povo Aimoré
Lutará pra ser vingado.

Nessa hora falou Aires:
— Foi uma fatalidade!
Eu creio que Dom Diogo
Não fez isso por maldade. —
E Dom Antônio o julgou
Com muita severidade.

— E devo, pois um fidalgo
Deve demonstrar nobreza!
Comete uma ação indigna,
Baixa, de grande vileza,
Quem dispara a sua arma
Numa criança indefesa!

Diz Aires: — Ele matou
A índia por acidente.
Seu filho é um bom menino,
Uma pessoa excelente,
E, no manejo das armas,
É bastante competente.

Diz o fidalgo afobado:
— Em andanças com meus pares
Por esses sertões tão ermos,
Passando em muitos lugares,
Constatei que somos poucos
E os Aimorés são milhares.

Foi uma grande imprudência,
Uma atitude feroz!
Replica Aires: — Senhor,
Os índios respeitam a vós!
Diz Antônio: — Um Aimoré
Não pensa assim como nós!

E digo que me enganas
Ou te enganas; digo mais,
Pois sei que os Aimorés são
Implacáveis canibais;
Creio que, a partir de hoje,
Acabou-se a nossa paz!

Conhece igualmente a mim
A alma desses selvagens;
Que buscarão a vingança,
Não ligam camaradagens,
São as grandes ameaças
Dessas inóspitas paragens.

Nisso dona Lauriana
Veio punir pelo filho...
Mas Dom Antônio, severo,
Disse: — Não ponha empecilho,
Pois a ação de Dom Diogo
Apagou todo o seu brilho!

Disse a velha: — Sois cruel!
Disse Antônio: — Apenas justo!
A ação de nosso filho
Trouxe inquietação e susto,
Não foi digna de um nobre
De comportamento augusto.

Foi nessa hora que todos
Presentes na esplanada
Da bandeira de Dom Álvaro
Presenciaram a chegada,
Trazendo certa alegria
Nessa hora agoniada.

Era um grande acontecido
A chegada da bandeira
Naqueles lugares ermos.
Só era essa a maneira
De receber uma carta
Ou novidades da feira.

Pois a única ligação
Daquele sertão bravio
Com as coisas da Europa
Era a cidade do Rio.
Traziam desde o tecido
Até o novelo de fio.

Um livro, ou mesmo uma joia,
Uma água perfumada,
Uma bebida melhor
Tinha que ser importada,
Tudo vinha da Europa
Pra colônia ensolarada.

— Oh! — exclamou Dom Antônio. —
Eis aí Álvaro chegando! —
Nessa hora o nobre moço
Foi depressa se apeando
Do cavalo e, com a mão,
Pra todos foi acenando.

O fidalgo cumprimentou
Álvaro de Sá e os demais,
Inclusive Loredano,
Que chegou um pouco atrás,
E falou: — Quero saber
Das notícias, meu rapaz!

Fale do Rio de Janeiro
E, de forma especial,
Diga-me quais são as novas
Do reino de Portugal?
Fale o que viu na viagem,
Meu bom rapaz, afinal.

Mas deixemos pra mais tarde,
Pois o clarim anuncia
Que daqui a meia hora
Começa a Ave-Maria
E a prece será melhor
Com a vossa companhia.

E, logo depois da prece,
Você é meu convidado.
Jantará, então, conosco
E me trará informado
Sobre as recentes notícias
Do meu Portugal amado.

Nisso se achegou Cecília
Com Isabel na esplanada.
Álvaro ficou mais contente,
Vendo sua prenda estimada.
Seu coração bateu forte,
Mirando a face da amada.

Adiante uns olhos maus
Viam tudo com despeito,
Olhando para Cecília
E arquitetando um jeito
De possuir para si
Aquele anjo perfeito.

Esse homem diabólico
Era o péssimo Loredano,
Porém depois falo mais
Desse ente desumano,
Dos crimes que cometeu
Por seu espírito mundano.

Na hora da prece, então,
O bom Álvaro ajoelhado
Do ladinho de Cecília
A olhava extasiado,
Enquanto o mau Loredano
Mirava tudo afastado.

Ao final da reza, os homens
Foram para o alojamento
Ao lado da esplanada,
Para um bom divertimento,
Mas Loredano, soturno,
Achou aquilo um tormento.

Pois viu que Álvaro de Sá
Tinha sido convidado
Pra jantar com Dom Antônio
E isso o deixou irado,
Pois, seguindo, com Cecília
Álvaro caminhava ao lado.

Álvaro falou pra Cecília:
— Eu trouxe sua encomenda,
Mas não pude resistir
Ao passar por uma venda.
Então comprei outra coisa
Que lhe darei como prenda!

Cecília disse: — Eu não quero!
Falou Álvaro: — É uma lembrança...
E, num gesto carinhoso,
Tocou de Cecília a trança
Mas ela disse: — Guardai-a —
Sorriu sem dar-lhe esperança.

Estando a família à mesa,
Dom Antônio, então, falou:
— Diga, Álvaro, meu rapaz,
O que mais o admirou,
Na viagem pelas matas,
Pelos lugares que andou?

Álvaro de Sá respondeu:
— Muitos cantos percorri,
Mas nada me marcou mais
Tal o que vi por aqui,
Diante de uma fera
A coragem de Peri!

— Peri! — exclamou Cecília —
Há dias que não o vejo...
Ele tem sido pra mim
Um espírito benfazejo,
Mais uma vez se arrisca
Pra cumprir um meu desejo...

É que comentei com ele,
Mas eu estava a brincar
Que queria ver uma onça
Dessas que ouço falar.
Peri, de semblante sério,
Disse pra mim: — Vou buscar!

Então, Álvaro contou tudo
Que avistou na clareira.
Sobre a fibra de Peri
E sua força guerreira,
Querendo pegar no muque
Uma onça carniceira.

Falou então Dom Antônio:
— Desde que aceitei Peri
Em casa, tem sido um homem
Dos mais nobres que já vi,
Protegendo a minha filha
Que ele chama de Ceci.

Cecília comentou triste:
— Coitado, foi devorado!
Mas Álvaro falou sorrindo:
— Peri é bem preparado
E aposto que aquela fera
Teve o pior resultado.

Disse dona Lauriana:
— Aquele bugre é um cão,
Nunca vi uma coisa dessas:
Pegar onça com a mão.
Jamais gostei dele aqui,
Mas ninguém me dá razão!

Mas Dom Antônio falou
Em defesa de Peri:
— Não é um cão, é um anjo
Que Deus nos mandou aqui.
Fez o ato mais heroico
Que nessa terra já vi.

Se não fosse o bom Peri
Hoje estaria chorando
A ausência de Cecília,
Mas vi Peri a salvando
Duma avalanche de pedras
Que vinha então despencando.

Sempre ia com a família
Para fazer uma sesta
Às margens do Paquequer,
Quando a história foi esta:
Deu-se o caso que relato
Aqui na nossa floresta.

Quando estávamos sentados,
Contemplando o belo rio,
Cecília, enquanto brincava,
Teve a vida por um fio,
Mas Deus mandou esse anjo
Naquele instante sombrio.

A rocha que a esmagaria,
Ele segurou sozinho.
Por essa razão lhe tenho
O mais sincero carinho.
Ele é um amigo leal
Que encontrei no caminho.

Após findado o jantar,
Álvaro uma caixa entregou
Com as coisas de Cecília
E mais uma vez mostrou
A joia que adquiriu,
Mas Cecília refugou.

Álvaro saiu do jantar
Com o coração apertado.
Foi caminhar na esplanada,
Bastante contrariado
Com o presente que Cecília
Tinha de si recusado.

Sofrendo com a recusa,
Ficou meio sem noção
Das coisas e, num impulso,
Olhou pra janela, então,
Da alcova de Cecília
E tomou uma decisão.

A janela de Cecília,
Naquele imenso edifício,
Por questões de segurança
Dava para um precipício,
Ele escalou a parede,
Num tremendo sacrifício.

A caixinha com a joia
Deixou ali na janela,
Sem saber que alguém vira
Aquela atitude bela
De um jovem enamorado,
Louco por uma donzela.

Assim que Álvaro saiu
Logo se aproximou
Uma sombra da janela
E com a mão derrubou
A caixinha no abismo
E em seguida adentrou...

...Na alcova de Cecília
E ficou a contemplá-la.
Embebido com a beleza,
Pensou: — Eu vou raptá-la! —
Nisso foi erguendo a mão
Na intenção de tocá-la...

Trazia um desejo ardente,
Pois estava ali adrede
E quando se preparava
Pra saciar sua sede
De prazer, veio uma flecha
Pregou-lhe a mão na parede.

O demônio, apavorado,
De dor abafou o grito,
Para não ser descoberto.
Com medo, ficou aflito.
Limpou o sangue e correu,
Chamando a Peri *maldito*.

O tal ente diabólico,
Como uma fera em vigília,
Criara um plano nefando
De eliminar a família
De Dom Antônio e roubar
A pureza de Cecília.

Havia roubado um mapa
De um lendário tesouro.
Nessa mina tinha muita
Esmeralda, prata e ouro,
E estava tudo explicado
Num velho mapa de couro.

Era o Frei Ângelo di Lucca,
Tido como virtuoso,
Mas cego pela cobiça
Se mostrou ganancioso,
Mostrando que era de fato
Biltre, vil e asqueroso.

Chegou a matar um homem
Que estava desarmado
Para ocultar o tal mapa
Dentro dum pote lacrado
Nas terras de Dom Antônio,
Numa caverna enterrado.

40
A um tal Robério Dias
Essa mina pertencia,
Porém uma maldição
Comentavam que havia:
Quem tinha o mapa nas mãos
Sempre matava ou morria.

Aquele frei celerado
Há exatamente um ano
Pediu pouso a Dom Antônio,
Mas para lograr seu plano,
Apresentou-se pra o nobre
Com o nome de Loredano.

Pois achou que a fortaleza
Era o lugar ideal
Como base do seu plano,
Para arranjar pessoal
Que, enfim, compartilhasse
Com seu terrível ideal.

Ficou ali na espreita
Com seu espírito matreiro,
Na intenção de aliciar
A qualquer aventureiro
E encontrou Bento Simões
Com o comparsa Rui Soeiro.

Com tudo estando arranjado,
Destruiria a família.
De Antônio de Mariz
Ganhava a casa, mobília
E, de quebra, inda ficava
Com a menina Cecília.

Dando cabo do fidalgo
E de alguns homens de bem
Que serviam a Dom Antônio,
O seu plano ia além.
Como pedra no caminho,
Não haveria mais ninguém.

Para seu plano dar certo,
Havia grande empecilho.
Uma flecha de Peri
Ou o dedo no gatilho
De Álvaro de Sá, que tinha
Coragem, caráter e brilho.

Eu deixo aqui Loredano,
Um ente sem coração,
Doente pela cobiça,
E cego pela ambição,
Para poder prosseguir
Nessa minha narração.

Naquela noite agitada
Peri a tudo assistia,
Defendeu sua senhora
Da perversa vilania.
Veio a fria madrugada,
Dando vez a um novo dia...

Logo na manhã seguinte,
Peri veio ao casarão,
Atravessou a esplanada
E seguiu a direção
Do jardim com um cestinho
De palha na sua mão.

Cecília ficou feliz,
Ao ver o indígena ali,
Que lhe entregou o cesto
E disse: — É para Ceci. —
Ela recebeu e disse:
— Muito obrigado, Peri!

Quando ela ergueu a tampa,
Saíram dez beija-flores,
Batendo suas asinhas,
Fisgados pelos odores.
Do jardim buscavam o néctar
Das rosas de várias cores.

Cecília riu com Isabel,
Feliz com a sua vinda,
Bateu palmas e falou:
— Peri, que coisa mais linda! —
E nisso Peri sorri,
Mostrando alegria infinda.

Nessa hora o jovem Álvaro
Sai da casa e para ali,
Cumprimenta as duas moças
E diz: — Me arrependi.
Cecília, peço perdão
Da falta que cometi.

— Não sei do que estás falando... —
Disse surpresa a donzela.
Falou Álvaro: — O objeto,
Aquela joia tão bela...
Sem você querer, deixei
No beiral de sua janela.

Cecília, com essa ação,
Mostrou contrariedade
E disse a Álvaro: — O senhor
Possui a minha amizade,
Mas quero que pegue a joia
De sua propriedade.

Enquanto estiver ali
Fica a janela fechada!
Álvaro logo se afastou,
De alma contrariada,
Sem saber se redimir
Da atitude impensada.

Cecília ficou sentida
Diante daquela ação
Da insistência de Álvaro.
Por isso Isabel, então,
Em um gesto pra Cecília
Mostrou recriminação.

Isabel deixa escapar
O seu sentimento oposto
Ao da prima e, nesse instante,
As lágrimas banham o rosto
De Cecília, que sentiu
Naquilo imenso desgosto.

Peri, com delicadeza,
Pôde se aproximar
De Cecília e disse assim:
— Não deixo Ceci chorar,
Pois o que Ceci deseja,
Peri logo vai buscar!

Disse ela: — O que desejo?...
— Sim! —falou firme Peri.
— Como sabes, quem te disse?
E ele mostra pra Ceci
O precipício e afirma:
— A caixa caiu ali!

Os olhos de Peri viram,
Ceci fica descansada!
Nisso o indígena escalou
Com perícia a amurada
Até o fundo do fosso
Onde não se via nada.

Cecília gritou: — Peri
Volte aqui, não vá lá não!
Disse o índio: — Peri vai,
Desobedece em razão
Tua fala para ouvir
A voz do teu coração.

Somente o silvo das cobras
Mais venenosas do mundo
Era o que se escutava
Naquele lugar imundo,
Onde os répteis venenosos
Rastejavam lá no fundo.

Os seres mais peçonhentos
E terríveis animais,
Escorpiões e lacraus
Pra Peri eram normais,
Não temia coisa alguma
Dessas selvas abissais.

Depois de um quarto de hora
Traz Peri a encomenda.
Cecília pega-lhe a mão,
Lhe faz uma reprimenda,
Sem sequer se importar
Com o valor daquela prenda.

— Peri, tive muito medo
De você não retornar!
O índio sorri e fala:
— Ceci não se *preocupar*,
Pois Peri conhece a selva
E vai a qualquer lugar.

Cecília abriu a caixinha,
Contemplou, admirada,
Um bracelete de pérolas,
Uma peça caprichada.
Peri demonstrou tristeza
Dizendo: — Não tenho nada...

...Que possa dar a Ceci!
Mas a moça, indiferente
Àquela joia, lhe fala:
— Peri, me dê de presente
Uma flor nos meus cabelos,
Que me fará mais contente!

Peri percorre o jardim
E escolhe a flor mais bela.
Chega perto de Cecília,
Numa atitude singela,
Bota a flor, ornamentando
Os cabelos da donzela.

Logo mais Cecília entrou
Sem ser vista, de mansinho
No quarto de Isabel
E aplicou um beijinho
No rosto de sua prima,
Como prova de carinho.

Isabel tava chorando,
Porém tentou disfarçar
A sua mágoa e Cecília
Disse assim: — Quer me falar
As razões porque tu choras?
Ou eu posso adivinhar?

Pensa que não percebi
Quão alterada ficou?
Com a tua perturbação
Seu rosto modificou...
Quando recusei a prenda
Que Álvaro me ofertou.

Pergunta Isabel: — Que tenho
A ver com toda essa história?
Diz Cecília: — Nem presente,
Tampouco dedicatória...
Mas por Álvaro vejo que
Sua paixão é notória!

Diz Isabel: — Juro que
Calarei meu coração!
Diz Cecília: — Faço gosto
Que vivas essa paixão!
Quero que sejas feliz,
Essa é minha opinião.

Fala Isabel: — Impossível,
Pois é a ti que ele ama!
Diz Cecília: — Não me importa
Pois não sinto a mesma chama...
Eu lhe dou aquela prenda
Da qual ele fez um drama.

Pois quero que Álvaro entenda
Que só a ti deve amar.
Tenho a ele muita estima,
Mas não poderei levar
Essa conversa adiante,
Pois não quero o machucar.

Enquanto as duas donzelas
Trocam suas confidências,
Dom Antônio de Mariz,
Diante das evidências,
Do ataque dos Aimorés
Toma algumas providências.

Tem uma conversa séria
Com Diogo, seu herdeiro,
Da qual participa Álvaro
E expõe seu desespero,
Escolhendo cada um
Como seu testamenteiro.

Dom Antônio disse assim:
— Minha idade é avançada,
Tomei a resolução
Que julguei mais acertada:
Já fiz o meu testamento
Ante a crise anunciada.

Pois os Aimorés não tardam,
A tribo deles avança!
Duma solução pacífica
Não alimento esperança.
Eu conheço aquele povo
E sua sede de vingança!

Diogo, meu filho amado,
Você é meu sucessor.
Quando eu vier a faltar,
Você será o tutor.
Álvaro, também, é um filho
A quem devotei amor.

Álvaro de Sá, o estimo
Como um filho de verdade.
Somente a você confio,
Pela sua lealdade,
A minha filha Cecília
E sua felicidade.

Dom Antônio então confessa:
— Protejam outra filha minha.
Isabel é minha filha,
Porém a chamei sobrinha,
E a senhora Lauriana,
Que dessa casa é rainha.

— Isabel?! — fala Diogo.
Nisso Antônio emocionado
Diz: — Sim, Isabel é filha
De uma falta do passado.
Pra protegê-la, o segredo
Tinha comigo guardado.

Dom Antônio os abraçou
E disse: — É meu testamento.
Cumpra-se a minha vontade.
Quando chegar o momento,
Não falem nada a ninguém
Para não trazer tormento.

Falarei com Aires Gomes
Pra redobrar a vigília
E com Peri pra que guarde
Inda mais nossa Cecília.
Lutemos pra proteger
Em paz a nossa família.

Mesmo Peri sendo um índio,
É dos melhores amigos,
É Goitacá e com ele
Nós não corremos perigos.
O povo de Peri é
Dos Aimorés inimigo!

Mais tarde, Cecília foi
Falar com seu pai amado,
Solicitando um passeio
Com Álvaro de Sá ao lado,
Pois sobre Isabel e Álvaro
Tinha algo planejado.

Saíram os três a passeio.
Lá do meio do caminho,
Disse Cecília: — Um instante,
Aguardem só um pouquinho.
Preciso voltar a casa,
Buscar um manto de linho.

Isabel a sós com Álvaro,
Ele um pouco distraído,
Não viu que a moça tirou
Do bolso do seu vestido
A caixa com o bracelete
Que ele jurava esquecido.

Ela então lhe estendeu
A caixinha e fez suspense,
Dizendo: — Cecília disse
Que essa joia lhe pertence.
Mandou então devolvê-la
Para que o senhor repense...

— Malfadado bracelete! —
Falou Álvaro em tom sofrido.
Por um instante ficou
Com olhar vago e perdido,
Mas viu que seu sentimento
Não era correspondido.

E nisso Isabel insiste:
— Essa joia é vossa, não?
Fala Álvaro: — Ela é minha...
Mas logo faço questão
Que aceites como presente
Que te dou de coração.

— Não senhor! — disse Isabel. —
Pode guardar seu embrulho.
Sou uma órfã, sem família,
Mas possuo o meu orgulho...
Sem a compaixão dos outros
Minha vida é pedregulho.

Fala Álvaro: — Me perdoa,
Não quis lhe causar ofensa.
Diz Isabel: — Ao contrário,
Me traz alegria imensa
Receber uma prenda vossa
É a mais doce recompensa!

— Eu não estou entendendo... —
Fala Álvaro nesse instante.
Isabel, arfando o peito,
Fala trêmula e ofegante:
— É sobre meus sentimentos,
Mas nada é tão relevante.

Nessa hora Álvaro lembrou
Dom Antônio e o testamento
E pensou em Isabel,
Sua infância, o sofrimento...
E decidiu fazer algo
Que lhe desse algum alento.

— Dizei-me o que vos oprime,
Que estou à disposição...
Diz Isabel: — Não é certo.
E tem de mim compaixão,
Pois é somente a Cecília
Que tu deste o coração.

— Não estou pra te julgar —
Falou Álvaro bem sincero.
— Eu sou louca por você,
Sei que é um jovem austero...
Cecília aqui nos deixou,
Pois sabe o quanto eu o quero!

Álvaro entendeu que Cecília
De fato não o amava,
E essa descoberta triste
Foi quando Antônio esperava
Que ele com sua Cecília
Em pouco tempo casava.

Álvaro, quando percebeu
Isabel muito sentida,
Tomou-a entre os seus braços,
Dando conforto e guarida.
Isabel, com esse gesto,
Quase que perdia a vida.

Quando foi no outro dia,
Logo ao raiar da manhã,
Cecília abriu a portinha,
Corada como a romã,
Gritou: — Peri! — e o índio
Lhe apareceu com afã.

Cecília correu ao quarto,
Trouxe um caixote lacrado:
Um rico par de pistolas,
Que havia encomendado.
Botou nas mãos de Peri,
Que recebeu encantado.

— São para ti, bom Peri.
As trará sempre contigo!
É uma lembrança minha,
Quando correres perigo.
Lembra: "Cecília me deu
Pra livrar-me de inimigo".

Agora Isabel e eu
Desceremos para o banho...
Diz o nativo: — Ceci,
Minha senhora, acompanho!
Diz Cecília: — Mas tu ficas
Distante, que me acanho!

No leito do Paquequer,
Uma casinha existia
Feita toda em jasmineiros
Que a donzela protegia
De olhares curiosos,
Enquanto um traje vestia.

Seu vestuário de banho
Cobria o corpo todinho,
De fora só braço e pé,
Era de algodão ou linho,
Para não mostrar as formas
Do seu bonito corpinho.

Cecília, nadando sobre
Águas límpidas da corrente,
Com seus cabelos dourados,
Era um anjo reluzente
Ou mesmo uma garça branca,
Dessas que encantam a gente.

Isabel, da mesma forma,
Nas águas límpidas nadava
E um traje similar
Ao de sua prima usava,
Enquanto isso Peri
Bem distante pastorava.

Nessa hora, Peri viu
Cecília correr perigo:
A jovem inocente estava
Na mira do inimigo,
Pois dois aimorés usavam
Uma pedra como abrigo.

A menina, descuidada,
Tranquilamente nadava
Em frente aos dois inimigos,
De quando em vez mergulhava,
Sorrindo pura diante
Da morte que a ameaçava.

Peri jogou-se do alto
Enquanto a flecha partiu,
Usando o corpo de escudo.
A seta então o atingiu,
Cravando-se no seu ombro
E logo no chão caiu.

Sem pensar em dor e flecha,
Rolando numas ramagens,
Sacou da cinta as pistolas,
Sem dar direito a vantagens,
Com dois tiros bem certeiros
Deu cabo dos dois selvagens.

Beijou uma das pistolas
Que estava fumegante,
Mas Peri tomou um susto,
Quando viu surgir diante
Uma índia que fugiu
Em carreira extravagante.

Peri, com dor lancinante,
Correu atrás da nativa,
Pra ela não ir à tribo
Não podia deixá-la viva.
Tinha que capturá-la,
Numa louca tentativa.

Porém no meio da mata
Sua força lhe faltou.
Tentou em vão levantar-se,
E lentamente tocou
A terra com os joelhos,
Em seguida desmaiou.

Nisso, Cecília e Isabel
Deram um grito de terror.
Olhando os dois índios mortos,
Ficaram pálidas, sem cor.
Correram em busca de casa
Nessa hora de pavor.

Deixemos o índio Peri,
Lutando então pela vida,
E Ceci com Isabel,
Em carreira desmedida,
Para falar de uma onça
Pelos homens abatida.

O leitor está lembrado
Daquela fera tão bela
Que Peri capturou
Para mostrá-la a donzela,
Pois foi Dona Lauriana
Que deu de cara com ela.

A velha, mirando a onça,
Soltou um grito tão fino
E berrou por Aires Gomes,
Que correu, meio mofino,
Com uma grande cabroeira,
Dando cabo do felino.

Dom Antônio, para olhar,
Chegou junto à esplanada.
Encontrou sua senhora,
Berrando pálida e irada,
Dizendo: — Foi o tal bugre
Que me armou esta cilada!

Portanto, é bom que vejais,
Eu nunca tive ilusão!
Que de vezes vos hei dito
E não me destes razão:
Tínheis fraco inexplicável
Pelo maldito pagão.

Agora tendes o pago:
Vossa prole ameaçada!
O perigo que corríamos
Com esta fera danada...
Vossa filha, coitadinha,
Podia ser devorada.

Amanhã todos vereis
Que nos traz um cascavel,
Lacraus, jacaré, jiboia...
Virão bichos a granel
Se alojar em nossa casa
Pelo pagão infiel.

Veja a fera, meu senhor!
Diz Antônio: — Uma beleza!!!
Que bicho extraordinário!
Como é rica a Natureza,
Desse lugar que escolhi
Para minha fortaleza!

Nisso, a velha logo chora
Fazendo um bom dramalhão:
— Se essa fera me comesse
Tu inda davas razão
Àquele maldito índio
Que possui parte com o cão!

Uma casa com um selvagem
É um sinal de imprudência!
Com um ente endiabrado
Não dá pra ter convivência.
Eu exijo que Peri
Suma desta residência!

Nessa hora as duas moças
Adentraram na esplanada.
Diante daquela cena,
Cecília não disse nada
Do que tinha acontecido
A respeito da emboscada.

A velha, fazendo drama,
Mostrou bastante perícia.
Dom Antônio comovido
Fez na esposa uma carícia
E disse: — Pode deixar,
Que eu mesmo dou-lhe a notícia!

É muito exagero vosso
Dona Lauriana, entenda...
Por essa selvageria,
Peri terá reprimenda
Pra que aqui não nos traga
Nunca mais tal encomenda.

Vamos deixar a família
Do fidalgo por aqui.
Vamos voltar à floresta.
Pra olharmos *de per si*,
O que na selva sombria
Sucedeu ao bom Peri.

Uma árvore, a cabuíba,
Tem um bálsamo poderoso
Que socorreu a Peri
No estado lastimoso
A que ficou confinado
Naquele chão tenebroso.

Quando ele abriu os olhos
Recobrando o seu sentido,
Viu ele uma cabuíba
Bem onde estava estendido,
Sorvendo o óleo da árvore,
Ficou restabelecido.

Logo que sorveu o óleo,
Viu sua força voltar.
Depois passou um pouquinho
Naquele mesmo lugar
Onde a flecha o atingiu,
Pra chaga cicatrizar.

Na casa do Paquequer,
Se achava impaciente
O fidalgo Dom Antônio,
Com Aires, seu assistente.
Ali traçavam estratégias
Pra um combate renitente.

Por diversas vezes Ayres
Relatou que o inimigo
Rondava a habitação
E afirmava: — É o que digo.
Preparamos a defesa,
A casa corre perigo!

Ao lado da esplanada
De uma árvore imponente,
Peri saltou dessa planta,
Surgindo, assim, de repente,
E sentiu que Dom Antônio
Não estava bem contente.

Disse Peri: — Fui em busca
Dos Guaranis, lá na serra,
Pra lutar com Dom Antônio,
Contra os Aimorés na guerra.
Foi tarde, tinham partido
Para viver noutra terra.

Cecília veio e indagou:
— Aonde andava, Peri?
Que já há mais de dois dias
Não vem à sua Ceci:
Vejo: se esqueceu de nós,
Pois não veio mais aqui.

As moças desconheciam
O iminente perigo...
Dom Antônio chamou Peri
E disse-lhe: — Vem comigo.
Tenho algo pra tratar
Urgentemente consigo.

Então, Peri relatou
O atentado do rio
Contra a vida de Ceci
E do momento sombrio
Em que viu a sua vida
Se esvair por um fio.

Nisso, dona Lauriana
Chega, ali, na mesma hora.
E olha pra Dom Antônio,
Exigindo, sem demora,
Que o fidalgo comunique
Que o índio vai embora.

Álvaro de Sá, Dom Diogo
A tudo prestam atenção,
Chegam Cecília, Isabel,
Que, naquela ocasião,
Fala do banho e dos dois
Aimorés mortos no chão.

Dom Antonio entendeu tudo
E, sem nenhum embaraço,
Se aproximou de Peri
Para lhe dar um abraço
E viu a marca do sangue
Coalhado, ali, no seu braço.

Dom Antônio, resoluto,
Diz: — Ele não vai daqui!
Agora admiro mais
A grandeza de Peri,
Que, pela segunda vez,
Salvou da morte Ceci.

Quando tudo finalmente
Ficou bem esclarecido,
Dona Lauriana disse:
— Meu peito está comovido
E mandar Peri embora
Não faz o menor sentido.

E nessa cena tocante
Diz Cecília: — Peri fica!
E a vontade de Cecília,
Dom Antônio ratifica,
E a palavra do fidalgo
Valia mais que rubrica.

Dom Antônio chama os homens
Diante da crise aguda,
Traça planos, e com eles
Nova estratégia estuda
E toma uma decisão
De mandar pedir ajuda.

Diz assim a Dom Diogo:
— Vais ao Rio de Janeiro,
Parte em busca de reforços.
Serás nosso mensageiro.
Escolha aí cinco homens
Que te sigam no roteiro.

Diz Diogo: — Eu fico aqui,
Pois foi por minha imprudência
A causa dessa revolta
E eu tenho consciência
Que meu lugar é com os meus,
Defendendo a residência.

Diz Dom Antônio a seu filho:
— Vejo que tenta ajudar.
Mesmo prezando a coragem,
Em querer colaborar,
Parta em busca de reforços
Para conosco lutar.

Nós somos poucas dezenas,
Os Aimorés são milhares.
Precisamos de reforços
Vindos de outros lugares,
Um socorro em boa hora
Pra não sofrermos pesares.

Dom Diogo, então, partiu,
Cumprindo com seu chamado.
Loredano não quis ir,
Se queixando adoentado.
Não queria abandonar
Todo o seu plano traçado.

A partida de Diogo
Fez Loredano apressar
Seu plano, a rebelião,
Com quem podia contar
A Rui Soeiro e com Bento
Foi depressa perguntar:

— Quantos homens nós já temos?
— Temos vinte ao nosso lado!
Eles contam dezenove.
O grupo está desfalcado,
Fora o indígena Peri,
Que é muito determinado.

Na dormida cada um
Deita próximo a um oponente.
De punhal mata-o dormindo,
Cada um fique ciente.
Logramos a fortaleza
Sem dar um tiro somente.

Vocês vão se oferecer
Pra guarnecer a cancela.
Veja, Bento; veja, Rui.
A senha será aquela:
Prata! E com um pio de coruja
Deixarão a sentinela.

Faremos grandes fogueiras
No centro da esplanada,
E palha em todos os cantos
Deixaremos espalhada
Para causar grande pânico
Quando a hora for chegada.

E amanhã partiremos
Em busca da nossa mina.
Eu levarei minha presa,
A meiga e doce menina.
Já a outra, vocês dois
Decidem a quem se destina.

Mas Peri, sem ser notado,
Oculto acima do chão,
Escutou de sua árvore
Sobre a tal conspiração.
Ao ver Cecília citada,
Prendeu a respiração.

E precisou se conter
Pra não pular no pescoço
Do traidor e causar
Ali tremendo alvoroço
E botar logo a perder
O fruto do seu esforço.

Não conseguiu informar
Ninguém da rebelião.
Estavam muito ocupados
Pra lhe darem atenção.
Decidiu agir sozinho,
Tendo ao lado a escuridão.

Seria como uma sombra,
Velando ali pelo bem.
Lutaria, então, sozinho,
Sem ajuda de ninguém
E resolveria tudo
Da maneira que convém.

Lá pelas tantas da noite,
Peri escutou um pio,
Semelhante a uma coruja
E entendeu que o trio
Estava levando avante
Aquele plano sombrio.

Peri ficou bem atento,
Logo após alguns instantes.
Viu Bento Simões e Rui,
Os dois coadjuvantes,
Abandonarem de vez
Os postos de vigilantes.

Foi Rui, e não Loredano,
Que deu o pio agourento
Pra ficar com Isabel
Ele pensou num intento
E viu que o único caminho
Era dar cabo de Bento.

Peri escutou um baque
De um corpo sobre o chão,
Era Rui, que assassinara
Bento numa traição.
De ficar com a morena
E se dar bem na questão.

Peri foi a Aires Gomes,
Que lhe deu pouca atenção,
Mas vendo a palha, a fogueira,
Ligeiro lhe deu razão.
Tocou o sino chamando
A todos na escuridão.

— Todos para a esplanada! —
Ouviu-se o grito estridente
De Aires Gomes, e os homens
Correram ligeiramente.
Com tochas na esplanada,
Reuniu-se toda a gente.

No centro da esplanada
Estava o corpo estendido
De Bento Simões, e logo,
Pensando em tirar partido,
Da nova situação
Diz Loredano fingido:

— Quem pode estar planejando
A morte de todos nós?
Quem é o inimigo oculto?
Quem é o traidor de vós?
Disseram alguns: — É Peri?
Nosso original algoz.

— O índio é nosso inimigo
Natural nesses rincões!
Planeja, então, nos matar,
Pois não lhe faltam razões!
Gritou um: — Clama justiça
Essa morte de Simões!

Loredano manipula
Todos com frases sutis.
Queria um alvo maior
Que Peri, nos seus ardis:
A cabeça do fidalgo
Dom Antônio de Mariz.

— Devemos, então, matá-lo?
Pergunta o mais renitente.
Loredano diz: — Merece,
Mas é um pobre obediente
Que segue as ordens de quem
Não se importa com a gente.

Eu aqui estou diante
De dezenas de homens bravos.
Se nós matarmos o índio,
Teremos mais desagravos
E represálias porque
Não passamos de escravos!

Disse ele então: — Veremos
Se nos negarem justiça... —
E, olhando bem raivoso,
Ainda mais os atiça.
Estavam todos armados
Tais urubus por carniça.

Vem depressa Dom Antônio
(Por Aires foi avisado).
Se coloca frente ao bando,
Com Peri e Álvaro ao lado,
E com voz firme se expressa,
Num tom brando e moderado.

Dom Antônio, nas palavras,
Tinha carisma de sobra.
Loredano percebeu
Minar a sua manobra,
Que seria o estopim
Pra sua maldita obra.

— Que significa isso? —
Olhando o corpo estirado.
— Alguém tenta acobertar
O verdadeiro culpado? —
Loredano pressentiu
O seu plano fracassado.

— Valemos mais que um herege! —
Grita bem alto o vilão,
Saca logo sua adaga
E parte como um leão,
Para o nobre Dom Antônio,
Que não teve alteração.

Ele e mais uns dez cães,
Fiéis a sua postura,
Partem loucos para briga,
Todavia, a essa altura,
A maioria dos homens
Se esquivara da loucura.

Com o nobre Dom Antônio
Ficou grande maioria.
Aos homens ali presentes
O patrão deu garantia
Que a falha na disciplina
Dessa vez relevaria.

Mas, nesse instante, uma chuva
De flechas cruzou ligeiro
Uma parte da esplanada
E o biltre Rui Soeiro
Foi atingido por uma,
Que foi castigo certeiro.

Gritam os homens: — Aimorés! —
E mesmo os amotinados
Deram trégua na peleja,
Com desvios perdoados.
Na crítica situação
Tavam todos sitiados.

Disse o fidalgo: — Eu relevo
As ofensas de vocês.
Loredano estando só
Fez tamanha estupidez
Jogou-se dentro das chamas
Da fogueira que ele fez.

A batalha renitente,
Que durou dias a fio,
Chegou a tingir de sangue
As águas límpidas do rio.
As cenas de mortandade
Causavam até calafrio.

A situação terrível
Foi demais se agravando
E, além da falta d'água,
Foram logo escasseando
Alimentos, que eram a força
Pra continuar lutando.

Na parte interna da casa,
Com esforços desmedidos,
As mulheres batalhavam,
Cuidando assim dos feridos,
Faziam mais que podiam
Com recursos exauridos.

Peri na luta brigava
Por um batalhão inteiro.
Cada flecha de Peri
Achava um alvo certeiro,
Mas se Cecília o chamasse,
Ele chegava primeiro.

Peri, na copa das árvores,
Achava sempre uma fresta.
Onde passava e trazia
Caça e frutas da floresta.
Todos ali dependiam
Dessa provisão modesta.

Dom Antônio disse a Álvaro:
— Pense por este viés,
Somos poucos combatentes
E nem todos são fiéis.
Só estão do nosso lado
Porque temem os Aimorés.

A minha última estratégia
É pra ninguém virar presa,
Comida dos canibais.
É nossa última defesa:
Explodir todo o paiol
De pólvora da fortaleza.

É melhor morrer assim
Do que se correr o risco
De nas mãos dos Aimorés
Alguém virar um petisco.
Deus cuide de nossas almas
No celestial aprisco!

Pois cada mulher aqui
Necessita ser poupada
Do que em mãos inimigas,
Uma a uma devorada.
Se eu morrer, tu explodes
Toda essa pólvora estocada.

Álvaro de Sá era um grande
Lutando na esplanada,
Mas uma flecha certeira
Rompeu-lhe a roupa encourada,
E ele morreu nos braços
De Isabel, inconformada.

Isabel pegou *curare*,
Um poderoso veneno,
Envolveu o seu amado
Com o seu corpo moreno,
Despediu-se do seu mundo,
Que era muito pequeno.

Morrendo Álvaro de Sá
Em profunda comoção,
Dom Antônio chama Peri
Com heroica decisão:
Deu batismo para o índio,
Que deixou de ser pagão.

E disse: — Se necessário,
Tu salvarias Cecília,
Com cuidado redobrado,
Mantendo toda a vigília?
Diz Peri: — É gosto meu
Salvar Ceci e a família.

Diz Antônio: — Meu lugar
É lutando até o fim.
Eu não viveria em paz
Com a lembrança ruim
De me evadir quando tantos
Perderam a vida por mim.

Levas minha filha amada,
A quem tu chamas Ceci,
Pois sei que és o melhor
Guerreiro que conheci.
Tenho imensa confiança
Em entregá-la a Peri.

Leva ela sã e salva
Como o melhor cavaleiro
À casa de minha irmã
Lá no Rio de Janeiro.
Parta agora, que o bom Deus
Guiará o seu roteiro.

Dom Antônio deu um vinho
Bem forte para menina.
Peri a levou nos braços
Para livrá-la da sina
De morrer com os Aimorés
Na grande carnificina.

Peri olhou Dom Antônio,
Mui comovido ficou.
O fidalgo emocionado
Nosso nativo abraçou
E disse: — Peri, tu és
O filho que me restou.

Peri, levando Cecília,
Escalou uma árvore imensa.
Conseguiu furar o cerco,
Livrando de toda ofensa
E a vida de Cecília
Foi a grande recompensa.

As flechas incendiárias
Caem em todos os lugares.
Dom Antônio, já vencido,
Viu a morte de seus pares.
Tocou fogo e a explosão
Levou a casa nos ares.

Dois dias depois da fuga,
Um barquinho pequenino
Saía do Paquequer
Para cumprir o destino,
Navegando o Paraíba,
Com a moça e o paladino.

Cecília, muito sentida
Com a perda de seus pais.
Peri, com todo carinho,
Dava-lhe atenção demais
E a moça, mais conformada,
Quase não chorava mais.

Peri falou dessa forma:
— Minha nação goitacás
Fica daqui a dois dias,
E lá Peri busca mais
Reforço e barco maior
Pra levar Ceci em paz.

Pergunta a moça, sentida:
— Tu não ficarás comigo?
Diz ele: — Peri não pode,
Pois a mata é meu abrigo...
Peri viver na cidade
Será um grande castigo.

Peri é filho das selvas
Só pode viver aqui!
E viver dentro das matas
Não é lugar pra Ceci,
A tristeza eu sei que mata
O coração de Peri!

Ceci vai para cidade,
Vai viver com sua gente...
Diz ela: — Peri, você
É só quem me faz contente.
Também sou da natureza,
Pois nasci desse ambiente.

Eu quero viver na selva,
Meu lugar é com Peri.
E se Peri me ajudar,
Eu vou ficar por aqui! —
Peri ficou exultante
Com as palavras de Ceci.

Porém ainda não foi
Completa a felicidade:
Os olhos de Peri viram
Sumir toda a claridade.
Nuvens negras anunciavam
Uma grande tempestade.

Pra não assustar Ceci,
Disse-lhe com emoção:
— Vamos descansar mais cedo,
Atracar a embarcação.
Não tenhas medo, Ceci,
Segura na minha mão.

Veio uma grande enxurrada...
Do tronco de uma palmeira,
Peri fez uma jangada,
Salvou sua companheira.
Deles brotou a semente
Dessa raça brasileira.

FIM

Alencar é cearense,
Klévisson Viana também.
Lendo Alencar foi além...
Esse livro nos pertence!
Valor que a todos convence.
Idolatro o seu penhor,
Sua obra tem a cor
Silvestre do meu País,
Onde brotou a raiz
Numa Nação multicor.

JOSÉ DE ALENCAR

O escritor cearense José de Alencar, nascido em 1829, foi um dos primeiros autores nacionais a se interessar pela produção poética do povo nordestino, aqueles velhos manuscritos que ensejaram o surgimento da chamada Literatura de Cordel. Aos 26 anos publicou sua primeira obra: *Cinco minutos*, mas foi em *O sertanejo*, de 1865, que registrou "O rabicho da Geralda", poema em quadras, ambientado nos sertões de Quixeramobim, inaugurando um ciclo de estudos em torno do cancioneiro popular do Nordeste. Depois dele, Silvio Romero, Câmara Cascudo, Gustavo Barroso, Leonardo Mota, Ariano Suassuna e outros intelectuais de renome se encarregaram de recolher e publicar essa produção, nem sempre anônima, dos poetas populares nordestinos.

Podemos considerar Alencar como o precursor do romantismo no Brasil dentro das quatro características: indianista, psicológico, regional e histórico. Quando Leandro Gomes de Barros, Silvino Pirauá de Lima e Francisco das Chagas Batista lançaram os fundamentos da Literatura de Cordel no Brasil, no último quartel do século XIX, Alencar já era um autor consagrado e sua obra consistia numa das leituras favoritas dos poetas acima citados. Leandro, ao publicar seu romance *A índia Necy* mostra clara influência da literatura indianista de Alencar. Não se trata evidentemente de uma adaptação, mas o paralelo está presente até no nome da heroína do célebre romance *O Guarani*, de 1857. Ceci virou Necy no folheto de Leandro.

Alencar utilizou como tema o índio e o sertão do Brasil e, ao contrário de outros romancistas de sua época, que escreviam com se vivessem na Europa, valorizava a língua falada no Brasil. *Iracema* e *Ubirajara* foram adaptados para o cordel por Alfredo Pessoa de Lima e Severino Milanês da Silva, poetas da segunda geração de bons cordelistas (ainda nas primeiras décadas do século XX). Desde então sua obra vem sendo constantemente revisitada pelos poetas de cordel. Klévisson Viana, da nova safra de autores desse gênero literário, adaptou magistralmente o romance *O Guarani*, procurando manter-se fiel à linguagem e ao estilo de Alencar.

José de Alencar faleceu aos 48 anos de idade, em 1877, deixando inúmeras obras que fazem sucesso até os dias atuais.

ANTÔNIO KLÉVISSON VIANA

Nascido em 3 de novembro de 1972, nos sertões adustos de Quixeramobim, Klévisson Viana cresceu ouvindo a leitura de folhetos de cordel, que seu pai Evaldo Lima fazia com frequência, em voz alta, para todos da família. Ingressou no meio artístico como chargista e ilustrador mas nunca perdeu de vista os versos dos poetas de bancada do Nordeste, que o encantavam desde a infância.

Estreou como poeta com *A botija encantada e o preguiçoso afortunado*, no ano de 1999 e de lá para cá já escreveu e publicou mais de 150 obras, muitas das quais em forma de livro ilustrado, granjeando vários prêmios e levando seu trabalho além fronteiras.

Sua versão de O Guarani é fidelíssima ao relato histórico engendrado por José de Alencar:

Dom Antônio de Mariz
Era um fidalgo notável
De uma nobreza infinda,
Generoso e agradável,
Que tratava os seus súditos
Como um pai, de forma amável.

Ao lado de Mem de Sá
Foi, também, um pioneiro
Da Colônia portuguesa
E, trilhando esse roteiro,
Fundou São Sebastião
Lá do Rio de Janeiro.

Trata-se de uma obra de fôlego, com mais de 300 estrofes em sextilha, forma mais usual da Literatura de Cordel. O maior mérito desta e de outras adaptações similares, é colocar o público tradicional do cordel em contato com os clássicos da literatura brasileira e universal, ao mesmo tempo em que empresta uma nova e agradável dinâmica ao exercício da leitura. Graças a autores como Klévisson Viana e outros de sua geração, cuidadosos com o fazer poético e comprometidos com a estética linguística, é que o cordel — poderosa ferramenta de apoio ao ensino — saiu das feiras e dos guetos para a sala de aula.

LUÍS MATUTO

Nasceu em Alfenas, Minas Gerais, no ano de 1988. Luís é graduado em Design Gráfico pela UEMG. É apaixonado por gravuras, tipografia, ilustrações e bisteca com feijão tropeiro. Atualmente dedica-se com paixão a estudar as possibilidades da gravura e dos tipos móveis de Gutenberg, aliado a elementos presentes no design como tipografia e apropriação de imagens.

Este livro foi composto em Vendetta,
projetada por John Downer em 1999,
pela typefoundry Emigre no corpo 18/18pt
e impresso sobre papel Pólen Soft 90 g/m2
pela gráfica Brasilform, São Paulo, Brasil.